Enrique
GRANADOS

TWELVE SPANISH DANCES

VOLUME I

Nos. 1-6

FOR PIANO

K 03478

12 DANZAS ESPANOLAS

1
Minueto

By E. Granados, op. 5

2
ORIENTAL

By E. Granados, op. 5

3
ZARABANDA

By E. Granados, op. 5

4
VILLANESCA

By E. Granados, op. 5

Andante espress. *a tempo*

rit.

Cancion y estribillo.
Molto andante.

poco cresc.

tr

rit.

cresc.

poco dim.

tr

rit.

a tempo

mp

5
ANDALUZA (Playera)

By E. Granados, op. 5

Andantino quasi Allegretto

6
JOTA (Rondalla Aragonesa)

By E. Granados, op. 5